消失的元素

蘇曼靈

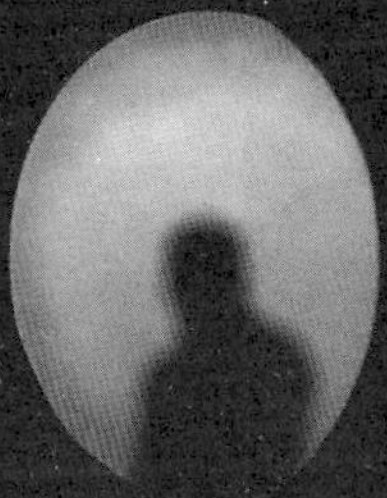

目錄

第二輯：夢與不夢的距離

第三輯：時間零

第四輯：消失的元素

第五輯：善良的中指

名家推薦語

于堅

感性的詩人比較氾濫，思的詩人並不多見。作為女性詩人，蘇曼靈的詩，少多愁善感而多思。這令她冷峻也不無真性情，此情比較可靠。

（于堅，中國詩人）

秀實

詩歌創作始於感情而終於思想，然理性書寫容易戕害詩意，新詩創作者不可不察。本詩集作品傾仄於理，有的更具「偏鋒之象」。這是創作中的兵行險著。

蘇曼靈白天游走危牆之下，深宵獨守書齋一隅，簾外亂世，燈下樂土，以其沉著之態勢，筆走偏鋒，成就一冊深具個人特色的詩集。其語言與結構，並皆可觀。

（秀實，香港婕詩派創立者）

鍾偉民

蘇曼靈的詩，萌生於疑與恨，卻穿越齷齪世相，自去定義愛的枝繁葉茂。亂花不迷人眼，文字綠蕪裡的聚散榮枯，那樣的教人不捨。

（鍾偉民，香港作家）

簡政珍

蘇曼靈這本詩集顯得內省、冷靜，把人間的「情」放在一個略帶抽離的距離，觀照自我，審視人間，省思生命。因為「情」經常透過「思」呈現，反諷不時貫穿詩行，給讀者帶來會心苦澀的微笑。她的意象也脫離那些典型的晨昏、懷古、悲秋、落葉、流水、眼淚等等情緒的自語，讓讀者感受到一股新意，讓那些情緒固定反應的場景變得五味雜陳，如〈鴿子的預感〉這首詩：「漢子單腿跪在地上／伸手揪了一束月光／套在女子左手中指／人群歡呼起來／鴿群倏忽飛起／彷彿觸動了預感」。

（簡政珍，臺灣學者／詩人）

姚風

曼靈的詩歌寫作，遊離於喧囂與合唱之外，以獨行的姿態，觀察與思考特定的歷史語境，常常爆發出瞬間的光芒，既有感性的敏銳，亦有理性的深度。

（姚風，澳門詩人／翻譯家）

龍青

讀蘇曼靈的詩，常常感受到一種內在的對立，更多時候，呈現出大衛・伊格內托所描述的狀態：樹林像一群等候決定的人／而佇立著。

（龍青，臺灣詩人）

曼殊沙華

雙子座的曼靈，內心住著理性與感性、熱情與壓抑、奔放與內斂、剛毅與溫柔、男性與女性；而這些都交疊地流淌於她的文字之間，時如駭浪、時若夜溪。她像是出缽於人間的行者，常以「觀察者」的角色悲憫看待所見的善惡美醜；詩歌是她從覺察走向覺知的紀錄，吟唱著她「夢與不夢的距離」。

（曼殊沙華，臺灣詩人／野薑花詩社社長）

陳克華

蘇曼靈的詩簡捷有力，意象生動，往往在出乎預料處戛然而止，留有餘韻，富有某種東西方詩藝交會的亮點。尤其是從詩中很難推敲作者的性別，純中性的敘事，不能以傳統「溫柔婉約」的女性視角來看待，是其特出難得之處。

（陳克華，臺灣詩人／眼科醫生）

第一輯：第一人稱

不想寫詩

不想讓感官疲於敏銳
不想被時間操控威脅
不想在夢裡如孩子般哭泣

山巒與山巒重疊
心事與心事傾軋
背影在窗前拉開劇幕

詩還是長出來了

在一個不想寫詩的午後
在某個人的背影裡

（二〇一九）

第一人稱

我無法描述
接吻後的真相

把心跳埋入血管
把褪下的皮放進染缸
期望找到治癒的顏色
希望在紛亂的思緒中
找到希望　或者絕望
並隨時準備遺忘

並非所有的慾念都被許可
我們總被美麗又邪惡的事物吸引
以肉體和靈魂
向死亡刺探
模仿飛蛾的執著一次
又一次撲向
被隔絕的火光

我們必須停止思念
目擊接吻後的真相

日記的某一頁

文明底下的產物
道路　橋樑　汽車　輪船　飛機
電子產品　還有一棟老房子
被我們推翻又重建
我們的身體不比一支筆堅硬
也不比一頂禮帽的存在久遠
梵高的憂傷　卻使
十四朵向日葵永恆

伊甸園不存在
潘多拉的盒子不存在
但是小王子的玫瑰呢
有些花不曾出現在任何花園
它的芬芳卻始終縈繞於腦海
偶爾想起的有些人不曾相見
卻在我們心裡佔據一方

（二〇二四・四）

鯊魚

一條快將失去體溫的鯊魚
高舉看不見的鰭
像蝴蝶看不見翅膀的圖案
鯊魚也看不見失去的鰭
牠的天空越來越
黯淡越來越渺小
牠失去了所有的鰭
卻無法對這個世界提出控訴

浸發　打沙　去皮　出骨　除膜　上笪　辟腥
煨、燉、㸆、紅燒、推芡、清湯
廚子的手
妨礙我們對食物的描述
垂涎饕餮導致語言空虛

一條快將失去體溫的鯊魚
高舉看不見的鰭
像蝴蝶看不見翅膀的圖案
鯊魚也看不見失去的鰭
更無法想像那些截肢的待遇

（二〇二四・二）

平安紙

文字，音樂，以及
展覽會那一幅非賣品
必須成為
我死後的陪葬
以抵禦我對未知世界的恐慌

（二〇一八·十）

NATIONAL NATURE RESERVES
THE WINDS OF WAR
战争风云
Visual Architect
The 8th HABIT
Stephen R. Covey
WILDLIFE OF CHINA
THE FOUR WITNESSES
Racing Stripes

夢的出口

把白晝關進眼簾
抓住夢的肩胛
去一個它無法抵達的世界
前面的盲人
向著光的方向行走
我尾隨他
來到夢的出口

（二〇一八・十）

聽我說

一根傾軋另一根，再一根
像麻繩

扭成歲月的秘密是皮膚
血肉和骨骼的記憶
臉的秘密鏡子知道
月亮的秘密藏在山谷
石頭的秘密無人知曉
大地的秘密刻在

每一隻走獸腳底
這顆心的秘密，是那一顆
心的烙印

（二〇二四．二）

言寺

你是語言建構的殿堂
我走近你
我離開你
你讓我想說
又不讓我說
在說與不說之間
我逐漸認清自己

（二〇二四·二）

卜卦

我怎樣才能學會遺忘
如窗台的那盆露薇長出
一組輕盈的神經系統
或像海星那樣
缺少大腦構造

沖洗數十次的手
一隻摁在胸口　摁住
正欲起伏的群山

另一隻則拿起籤筒
身體是誠實的
讓我知道痛

（二〇二三．十）

棉花糖

我們在夢裡
從這片雲跳到那片雲
醒後
雙腳被鞋子牢套
跳得再高也跳不出九霄
幾個小孩經過
每人手中頂著一片雲朵
穿圍裙的老伯
在孩子們的背影中微笑

（二〇二三・十一・十）

聯想

經過廣場時
一群鴿子
正啄食著不知
誰撒下的米粒
紛亂飽滿如他
內心的思緒

（二〇二三・九）

鴿子的預感

漢子單腿跪在廣場
伸手揪了一束月光
套在女子左手中指
人群歡呼起來
鴿群倏忽飛起
彷彿觸動了預感

（二〇二四．一）

貓膩

貓試圖和我交談
而我卻被編故事的人
困在文字裡
叫了一聲牠撲過來
鑽進我的瞳孔

從此
我的眼裡只有貓

（二〇二三・九）

第二輯：夢與不夢的距離

夢與不夢的距離

夢裡
你牽著我的手
走過層層書架
在擺放詩歌的某處
安置細語與呢喃
夢醒
我們又回到隔著
一千行詩的距離

造境

我們回到住過的屋子
像平時那樣，坐在一起吃飯
母親也在

你帶我去不知名的海，去
從未去過的山寨
帶我走進各種博物館
見識許多奇奇怪怪的事物

我常聽見你
呼喚我的名字
聲音清晰
卻記不起你皺紋下的容顏

你常到那裡
修補我生命中的裂痕
每當我質疑被賦予的生命
或　想再聽聽你的聲音

（二〇二三．08）

母親說，她

感覺身體日漸沉重
我問：
是穿太厚吃太飽沒睡好嗎？
母親前額的皺紋和銀髮
爭相表白：
你看，
屋裡堆滿月光
角落聚滿回憶
像鶴般佇立潮濕的枕邊

經年的穀物與敗絮
擠在寬縫窄隙
快回來，統統幫我搬走！

浪漫

浪漫是
幫曼基貓藍白貓搥背撓癢
替布偶貓剪指甲
和銀狐犬吃＊爆谷看恐怖片
騎著駱駝上郵輪
種植滿園的玫瑰等待一個小人兒
蜜語躲在星星的耳蝸裡

＊爆谷，是廣東話爆玉米花的意思

保質期

我嗅不到花香
看不到前方的荼蘼
想不起自己
更早的模樣

生命的豐盈
讓我有了衰頹的憂慮
從你宣告愛我那刻起

我成為一盤標示了日期的
沙律

（二〇二四・二）

捷徑

原諒上帝讓X不喜歡Y吧
讓Y不喜歡Z
而Z不喜歡他⋯
在錯置的世界裡
愛情　既是囹圄又是囚徒

我喜歡走路喜歡
感受地面的坑窪與濕度
鞋子在腳跟引發的痛楚

豐富了道路的象徵

希望走你走過的路
希望走進你的生命
想要在黃昏前抵達你的屋簷
讓我穿上你穿過的鞋吧

（二〇一七・一）

那麼，愛情呢？

藝術需要真誠而非真相
這讓我想到
與藝術相悖的愛情

電影中那人說：
所有的藝術都是偽裝和抄襲
必須先毀滅，然後重生
那麼，愛情呢？
我不敢想像相悖的結果

柴和火激烈碰撞
發出獸的低鳴

（二〇一七年觀電影《反藝術宣言》有感）

示範

同情她的衝動來自
我從世俗的解脫
為了使她懂得
知足飢渴的需索
不足以抵消生命的孤獨

我跋涉到一方荒野
耕建花園

（二〇一八）

一程路

我們緩緩行走於馬路
說確診患病的時日
說癌細胞的擴散
說身體的痛楚
器官的衰竭
說友之死
說期限
說命
或

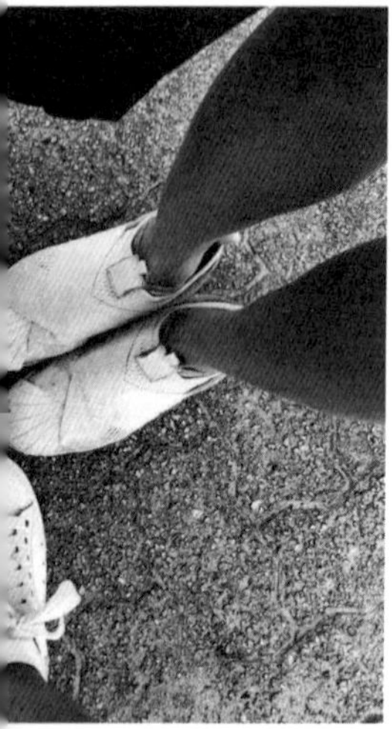

聽命
聽他說
聽腳步聲
聽巴士到站
聽紅綠燈換色
聽身軀嗟嘆唏噓
聽車輛與空氣摩擦
我們緩緩行走在馬路

（二〇二三）

枕頭

一行黏著一行
暗夜中結晶的水珠
緩緩滲透我的肌膚
肉體懂了，
淌進去的是海水的
味道

（二〇二〇・八）

缺席

模糊了的記憶
纏繞在指尖
幸好數字保持精準
比如
宴席少了幾張椅子？
遠方的熱烈喚醒日暮
星子隱去時
你乘飛帚而歸　我
卻只能寫一首

單薄的詩烹煮鄉愁
在句子與句子之間
缺席

（二〇二一．十）

你說

愛情真實而虛幻
真實　如
故事中的愛情
虛幻　如
愛情中的故事

小風婉婉襲來
萬物寂靜
沒有人讚成或反對

輕重不勻的呼吸
掰開了一株曇花

（二〇二〇．十）

白色小屋外

又看見你的背影
你在想著什麼呢
是抱怨雨水衝斷了行程
還是羨慕大雨滂沱的痛快
如果想更了解雨的心聲
何不為你，也為我
約一場夏日的雷雨

（二〇二三）

黃豆排骨湯

黃豆潑撒了一地
把廚房的防滑磚
劃分成面積各異的島嶼
島嶼與島嶼之間的陰影
遮蔽了它們激烈的爭辯

夷平島嶼唯一的方法是
將黃豆放進鍋裡
和排骨一起翻騰

火焰的熱情使它們
散發出肉體的濃香

（二〇一七）

風聲

我來
是想席捲一些什麼的
卻被該死的氣象預報
提早洩漏
它對我的偵測與命名
常被恥笑卻
總能引發警覺
我流竄街頭巷尾
在瓦礫罅隙間呼嘯

破碎的城市
與我擦肩而過

（二〇一九）

第三輯：時間零

時間零

一把骨折的傘
倒在路邊
45度切面暴露著
來不及收拾的雨景

樹枝上抖落的葉子
沒能守住昨日的綠意
生命中不合邏輯的變換
此刻都停頓下來

晝夜是指針撥弄
雨滴答滴答
時間碎成零

（二〇二三・九）

立春前起霧

細緻的水氣
圍著不知名的草木起舞
世界被模糊的視野填滿
你在山頭和樹肩長出形狀

一隻紅色降龍木手杖
倚著路邊的老樹
等待立春前某個
走進岔路的古人經過

霧中有光，也有路
腳步聲穿透枝葉
彷彿是我們
誤入遠古

（二〇二三）

假如詩人住在我這裡

陽光穿透瓦礫
掀開被單
盤在一雙長滿厚繭的腳底
撓癢
後跟磨損的黑皮鞋
靜候門口

詩人認為
這個空間所有故事

都是浪漫的開始
「充滿勞積
然而人詩意地
棲居在這片大地上」＊
＊引荷爾德林詩句

（二〇二三）

洗澡

夢被水沖走
密集的溫度
拍打頸椎與肩膀
仔細清洗潛意識
遺下的痕跡
從每一根毛髮
從前額纏到腳踵
描摹肉體的曲線
撫摸　始於清晨始於水

（二〇二三）

芒種日

「落葉在樹下聚集
折斷的枝椏被焚燒
火焰的稜角微笑著」
妳說

「表象含糊
現象難解
意象卻日益堅定明朗」
我說

「樹持續生長
樹幹更粗壯了
風箏躺在枝椏間，不想回到天上」
他說

圍在樹下的幾個孩子
莫名其妙地說著笑著
是日芒種

（二〇二三芒種日）

告解

牆面的傷痕
是時間往下掉時
刮破的
粉飾的真相被暴露
所有關於美醜的辯證
在時間的凝視下
一層一層　剝落

（二〇二三・十）

現在過去時

一・

皮膚紋理日漸清晰

骨骼與肌肉的形狀和大小

日益粗壯

頭髮豐盈了

血液和水份增加

二・

皮膚紋理更加清晰

骨骼與肌肉的形狀和大小
鮮明張揚
頭髮被光照中褪去色澤
糖份和脂肪累積

三·

偶爾閃過平行時空
質疑我們將走的路徑
質疑我們總在經歷早
已發生的那些
如果明日颳大風
就在今日記住樹葉的模樣吧

四・

先知說

預言從未實現

真相也是

人們努力相信的

都是他們在歷史中

相互瞞騙的把戲

（二〇二三・十）

推演

童年記憶
是夏日冰淇淋
沒到唇邊已融化

少年記憶
是花叢中的蝴蝶
撲翅在捕捉的霎那

青年記憶

是池塘的泥鰍
揣在手裡也溜走

中年記憶
是大象的呼吸
撲滅森山野林大火

暮年記憶
和秋天的麥穗一起低垂
卡在大地的裂縫

（二〇二三・十）

又到中秋

被蘇拉洗劫後的城池
在窗外換了一襲形象
盤根錯節的樹木
橫七豎八躺在路面
橋頭的老人說：
罕有的災難會
激出更大的能量
讓月光修補大地的裂縫

讓我們趁機清理
猶豫不決的思想

（寫在二〇二三中秋前，十號風球蘇拉襲港後）

安全感

氣色還好嗎？
很久沒看到你的法令紋
兩腮的輪廓還飽滿嗎？
鼻頭與臉頰的粉刺少了吧？
唇紋有沒有增加？
還在用他送給你的唇膏嗎？
前額的表情越來越豐富

雙眼清澈分明
足以擊倒幾個
意志薄弱的追求者

神色與妝容已不重要
皺紋也是
所有的述說
都不及口罩帶來的安全感

（二〇二〇・八）

病了

白內障也好
弱視也好
嗅覺鈍化也是
失聰或發不出聲音
也是好的
任何身體的缺損都
可以正面看待
起碼　這個世界的渾濁

得以延續

（二〇二四．一）

關於太陽

日的表象迎來甦醒
街燈漸暗
陽光蠢蠢欲動
呼喚遠山與近窗
城堡預備移動

日的意象是勞作
躺了整晚的葉子
藏好與星月的私絮

危險
高壓電力
DANGER
Unauthorised
entry prohibited

投入城市樂章中
微塵參與著伴奏

日的現象是熱情
沒有炊煙的老房子
上了鎖
愛情枯萎了
生活的顏色消褪了

日的形象是光輝與永恆
不敗的歲月指出
世界終結的預言是騙局

我悲觀的心卻指引我學習
在黑暗中尋找光明的路徑

（二〇二一・三）

烏鴉

記憶彼此傷害
靈魂相互摧殘
這邊是無解的恩怨
那邊爭辯著是非和立場
像迷失的狡兔
在龜裂的大地
挖掘坑洞盲目奔跑
一隻烏鴉站在無名氏的墓碑上
旁觀牠撲簌迷離的腳步

（二〇一九）

嘿，你只是一個人！

把捕獲的仰慕者
塞進腰際的布袋
文學秀上
詩人滿嘴神的宣言
神在詩人耳際說：
嘿，你只是一個人！

如果詩人不倒吸一口氣
腰帶不會鬆開

形形色色的小人兒
又怎會自胯間
掉下來

寓言

一個婦人走過
她用一千個吻織成的繩索
套住一個缺了肋骨的路人

（二〇一七）

第四輯：消失的元素

消失的元素

沿著底格里斯河
沉浸過往的文明與遺跡
在長城腳下堆疊
那些不被記載的名字
在金字塔頂撫摸
風化了五千年的石級

把填海的計劃改建
為一座海上圖書館

裡面有一本最早的書
它的肉身記載著地球的初始

呼喚露水，呼喚群山
呼喚那些已經消失或
即將消失的元素

一個游牧人領著羊群
走向世界的盡頭

詩人的葬禮

詩人墮落凡塵
鄙視生命卻迷戀燈紅酒綠
害怕孤獨卻竭力譜寫孤獨

他的文字透出死亡的氣息
但始終拒絕
肉身燃成灰燼後的禁錮

素雅勝白色格桑花的女子

手捧象牙的龕
刻滿詩人撰下的經文

草原迴盪起歌聲：
我背部的紋身便是墓地
一塊墓碑將刻鏤你的名
譜寫孤獨的人並不孤獨

漫畫

蝴蝶帶著關於死亡和
復活的消息飛來
鷹在墓碑刻下一個
往生者的名字
思念附著鮮花憑弔生命
幾隻貓在墓碑間左匿右藏
埋進土地的故事
一部分深攥泥土
另一部分則

延著樹的筋骨爬向陽光
把天空界定為形態各異的藍

顏色的沉默

為了探索漆黑的秘密
我接受一隻鴞的奉獻
從光線的末梢
潛入夜的根莖
黑暗在黑暗中移動
我看到
顏色沉默地戒備著

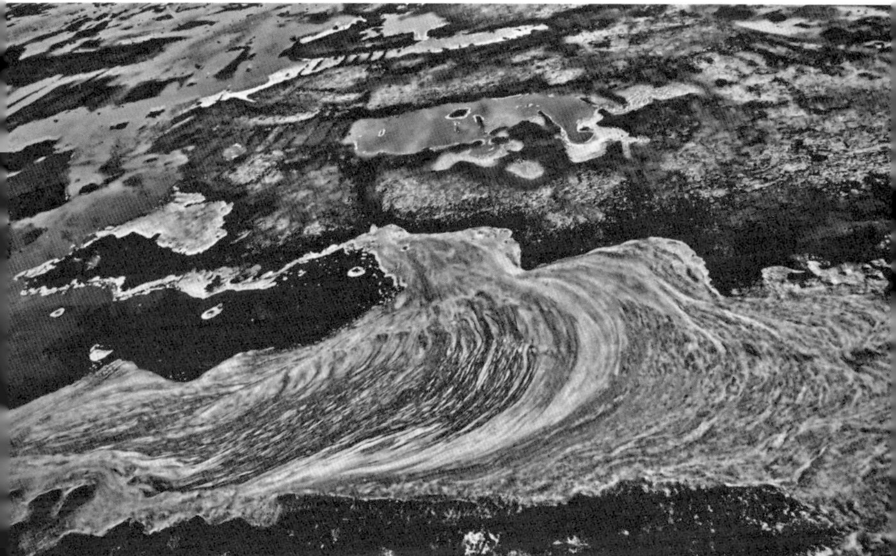

符號

經歷億萬個「句號」後
一個無法定義的符號出現
為了避免混亂的發生
她依樣在紙上
畫下一堆符號

探尋符號與符號間的聯繫與秘密
最好獨自去海邊
在海的寧靜和沙灘的隱現之間

在潮汐與日落的縫隙之間
釋放所有符號

哲學課

一個放棄國籍的人在
熱切的書寫中找到了
「永劫回歸」這個概念
他的故事幾乎因此提前結束

世界的真相使我惶然
智者的話令我心事重重
我必須奔向戶外的太陽
奔向決定論的大海

在不可測的量子世界
微小的粒子舞動著
找尋存在的意義
這個無盡虛空的世界
生命的重量輕到

沒有語言可以承受
把血液還給逝去的時光
到夢中細數心跳

（二〇一八）

*尼采，德國哲學家／詩人，一八六九年移居瑞士巴塞爾後，應自己要求成為無國籍人

迴

蜘蛛精或白骨精
並沒有差別
世相的存在
或許是虛構
或許是泡影
人可以是機器
也可以無心

又一個歷史故事

在舞台上重演
憤怒的男人說：
「如果你的敵人是一個國家
那麼，你要怎麼去復仇？」

（於香港大會堂賞舞台劇《未來簡史》有感）

神往

世界的困惑與猜疑
蔓延山野
人性蒙蔽　真相隱匿
壓抑的聲音，被困暗匣裡

*毛里求斯渡渡鳥是
全新世滅絕事件的殉難者之一
牠和我一起神往，回到
沒有政權也沒有文明的晨曦

*Republic of Mauritius，臺灣譯為模里西斯

（二〇一七・四）

距離

離開一座有故事的城
去寫一個城的故事
那些平日不清晰的事物
在距離中拉開紋路

（二〇二四年立春前）

變遷

物是人非的城池
成就無數棵無根樹
滿樹嫁接的枝椏
在三片喧囂聲中
和六片腳步聲中
失去昨日的芳華
人去了樓也空了
燈火卻還是依舊
接踵的步伐依舊

在如墨的夜色中

（二〇二四・二）

抽象

如果存在是虛無
如果善惡是此岸是彼岸
如果正誤失去黑白分明
那些卑微又真實的情感
即是我們的瞬間及永恆

（二〇二〇・十）

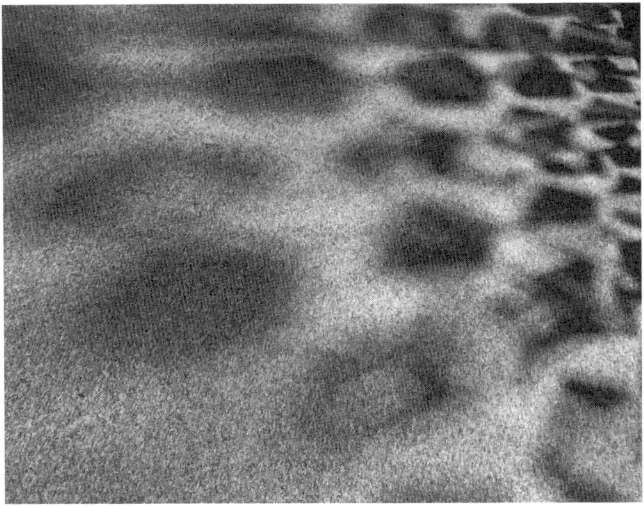

一條魚的發現

一條魚在水面探頭
看見兩片藍色中間
飛著一隻孤獨的鳥
它告訴族人：
那隻鳥很快會掉進大海

一條魚躍出了水面
看到樹木的枝椏叉
著濃淡不一的雲朵

它告訴族人：
鳥有樹枝歇腳不會掉進大海

一條魚被巨浪捲上灘頭
橋頭的釣客掐住它的腮骨
把它扔進水桶
和幾條爛嘴巴的魚擠在一起時
魚想，回家後
它一定要警告族人：
別再管什麼魚什麼鳥了

（二〇二三・五）

殺死那頭小鹿

身體與身體，還有一座涼亭
是白色鬆漆木框裡的風月
木框外的人
冒雨站在海邊與颱風天抗衡

在某顆心臟踢踏過的小鹿
濕嗒嗒地跳上餐桌
踢翻酒杯撲向我

海洋的盡頭是什麼
風知道的肯定比我多
用酒精殺死小鹿
溜到桌底
我看到另一個世界

（二〇二三）

第五輯：善良的中指

真理

真理是一場大火
焚燒彼此的謊言
火花的鬢角照亮愛與恨
痛苦與愉悅嘶叫著
聲音既真實又熱烈

*
一個被綁在柱子上的人
火焰以他為銘
灰燼散布的謠言是：

死亡並非終點而是起點
我在訊息裡臨摹你的形態
在謊言中尋找真相
現實世界的理想世界
距離一片雲，有多遠

*米格爾．塞爾韋特，中世紀歐洲神學家／醫學家／人文學家

諾曼底的螃蟹

海水沖走了那一場殺戮
沖走了彼此的仇恨與恐懼
也沖走所有曾經使用過的詞語

沙灘荒涼
被陽光暴晒後的頭盔
骨骼猙獰

一隻螃蟹爬出來

用僅剩的前螯寫下：
讓我忘了諾曼底

（二〇二四・二）

上帝手中的剪刀

如果詩歌可以阻擋撒旦
阻擋一座城池的倒塌　或死亡
子彈必將失去方向
屍體不再是沙場的裝置藝術
土地的罪惡何須用鮮血洗滌

如果詩歌可以改變世界
萬物皆為上帝所造
時間就是，時間就是

上帝手中的剪刀
那些在詩行中閃現的生命與風光
都將被裁剪出不朽的模樣

善良的中指

她的抑鬱症又犯了
眼睛裡滲出悲傷的顏色
大腦的思考能力
比祖母的視力更虛弱
身體不停地蛻皮
肌膚悲傷地塌陷在
看不見的骨頭上

我們坐在觀眾席

看燄火與霓虹
有誰會質疑
同情，只是膚淺的善良

反覆詢問著，什麼是善良
反覆提醒自己，哪一根手指是中指
保持緘默的中指還是中指
而善良，卻被頻繁往返的詢問
埋葬

（二〇一七．五　臺灣女作家林奕含自殺有感）

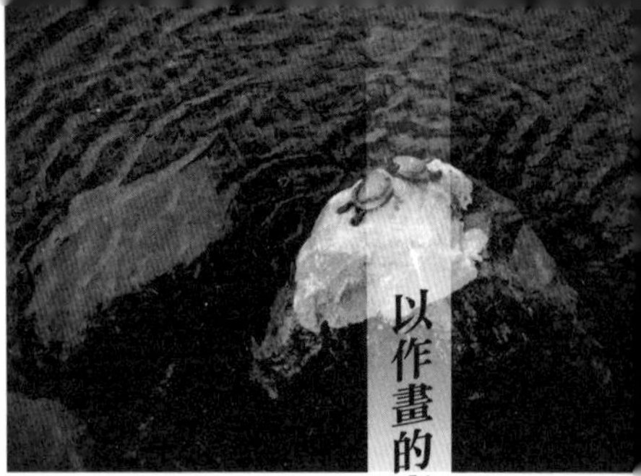

以作畫的方式

信終於寄出了
沒有地址 沒有收件人
很多人卻都收到
在內心的某個信箱裡
在一滴眼淚和一聲嘆息中

島上的老人哼著歡暢的節奏
深情裁剪懷鄉的篇章
他內心的汪洋大海

傾倒出亙古的鄉愁
在我們這代人的記憶中

以美麗的漢字為星光
在遠方的夜空中作畫
天幕裡閃耀著一首詩
和一枚郵票

（二〇一七・十二・十四　悼余光中先生）

天堂與地獄都有酒徒

一個香港人[1]打錯了[2]電話

訴說發生在清晨的慘事[3]

在德輔道中到北角[4]

金山伯[5]與爛賭鴻[6]

包租婆與三房客[7]

不再爭辯[8]他的夢和他的夢[9]

買了汽車之後[10]

一個副刊編輯訴說自己的白日夢[11]：

他說，不知道文仔怎樣度春節 12
不過，大眼妹 13 肯定會在颱風 14 的夜晚
趕搭渡輪 15 向他拜年 16
鏡子對倒 17 霧裡的錯體郵票 18
意想不到的事 19 是
吧女 20 放棄橫財 21
她和經理 22 站在一起
瞻仰一盞不滅的文燈
黑色裡的白色 白色裡的黑色 23
室內的寒風吹在臉上像刀割 24

只有我聽到我與我的對話[25]：
「天堂與地獄[26]都有酒徒[27]」
我派給房間裡的人們每人
一枚硬幣和一顆糖
於眾目睽睽下告別體溫
到香港仔去看扒龍舟[28]

（二〇一八．六．二十於香港殯儀館，
以劉以鬯生前二十八篇作品名組詩緬懷先生）

南雁

啄掉羽翼
讓所有世事
在紛紛絮絮中陪葬
落幕了嗎？塵埃落定
還是去了某個
眾生渴慕的地方　繼續
趕路與飛翔
靈魂相遇在
身後揚起的煙幕中

那裡，沒有荒唐

你說：
故鄉是岸
我願是一條河
願故鄉那條河流上
今晚的月光為你撒滿

到桃花源了吧？
書生擼袖撫春色
前世播下的種子
榮辱與共破土而出

不負陽光與土壤
不負雨水墜落的勇氣
與山川河流的蘊養
這裡，沒有洪荒

我們已到海天一色的境界
猶記得的那些，
似遠且近　似虛且實
再等等吧
待塵埃落定
桃花源內續前緣

（二〇二二・二悼念良師張誠）

城市的樹

路邊一棵樹被舉報長歪了
幾個手持電鋸的人來到
不消數小時
樹被修剪得規規矩矩
符合城市綠化的藍圖
樹的截枝殘影隨汽車揚
起的灰塵遠去
我不再為那棵樹駐足
甚至看不見路邊有樹

（二〇一九．十一）

自由組合

鳥籠

當有人談論自由
我想起一個
在報攤買菸的少年
錢包裡除了一兩張鈔票
還塞了岡本，龜殼，杜蕾斯

我還想起一個

對著鳥籠發呆的男子
我問他，鳥呢？
說，把牠還給了天空

人們總愛談論自由
只有跳出魚缸的觀賞蝦實踐自由
它們沒有宣言
只是奄奄一息地倒在角落等待著
為自由獻出生命的顏色

（二〇一九）

肉檔

「呢啲豬肉好似唔太新鮮」
「冇可能，我剛喺冰櫃攞出來」
「你聞下，的確唔新鮮」
「邊有啊，係你個鼻有問題」
「你做生意唔老實」
「你先唔老實，過檔」

懸掛檔口一條條挺直的豬肉
在生鮮燈的照耀下鮮嫩粉紅
我似乎聽到豬頭們赴義前悲壯的哀嚎

轉身時，看到
豬肉佬放下手中那把犯下
無數命案卻無從審判的刀

（二〇二四）

火焰

邪惡與正義並肩而行的路上
他以違反軍紀的方式拒絕
成為權力的偽善同謀
點燃生命的小小火種
燒焦國王詭辯的新衣
面對一個肉身的壯舉
有人詫異有人急於掩蔽
Humanity will not be silenced

強權以鋼鐵張揚公理
身體散發慾望的惡臭
不公平的天秤倒在加薩
斷垣殘壁裡滲出災民的呼聲
眾神卻回應以沉默無語
悲劇的性質大抵相同
孤獨的火焰並不孤獨
Humanity will not be silenced

他是墮落人間的天使
他是人類最後的良知
人們輕輕呼喚他的名字

希望這是能被聽見的禱詞
「亞倫．布什內爾」＊
「亞倫．布什內爾」
「亞倫．布什內爾」
Humanity will not be silenced

＊「二〇二四年二月二十五日，二十五歲的美國空軍軍人亞倫．布什內爾在華盛頓特區的以色列駐美大使館外自焚，他宣稱『我不再做種族滅絕的幫兇』」

（二〇二四．三）

半夜，我從詩歌中醒來

我敲打鍵盤
如手指放在火爐上炙烤
腦海裡盛放的鮮花
急著從肉體向字體
呈現這個世界的表象

你說：
You are playing with fire
Yet not knowing the danger

的確
寫詩，猶如玩火
危險又美麗
那，不如，讓我們一起寫一首詩吧！

你說：
It is too dangerous for two persons to write a poem
The act of writing itself is a magic
That makes those two fall in love

我該用怎樣的力氣把你抱在懷裡

我該如何去愛你？
半夜，我從詩歌中醒來

你說：
Let’s elaborate on the poetics of insomnia

杯底的水尚溫
睡眠的藥卻失效
窗台那盆花
在紛亂世界找到安心的淨土
手機屏還在閃爍：

Poetry is dangerous, so is sleeping tablet
Poetry is dangerous, so is the Serpent in the Eden

（二〇二四・二）

後記

自從時間被生活搗碎後，「寫詩」越見適宜。於時間張開罅隙的片刻，記錄和整理思想及情感，以詩歌的方式重塑生命既往；同時藉寫詩，表現出詩人對這個裝腔作勢的世界的厭惡和反抗。

牆面的傷痕
是時間往下掉的時候
刮破的

是藝術，讓被時間刮破的牆面，看起來不是滄桑不是悲哀不是醜陋，而是美，是可愛，是智慧的凝集。

這幾年寫了一百多首詩，扔了大半。留下的，經多次修改，已非原貌。與出版社約定的時間，也一再延期。創作，永遠不會達至自己理想的終點。唯以品嚐，進而了悟這般世道人心。

感謝羅智成老師對詩歌的寶貴意見。

感謝為蘇某寫推薦語的諸位。

（寫於二〇二四年九月二十二日，秋分日，大圍小鎮）

國家圖書館出版品預行編目（CIP）資料

消失的元素 / 蘇曼靈著 . -- 初版 . -- 新北市 : 斑馬線出版社 , 2025.03
面； 公分

ISBN 978-626-99484-2-0（平裝）

851.487 114001105

消失的元素

作　　者：蘇曼靈
總 編 輯：施榮華
封面及內頁攝影：蘇曼靈

發 行 人：張仰賢
社　　長：許　赫
副 社 長：龍　青
總　　監：王紅林
出 版 者：斑馬線文庫有限公司
法律顧問：林仟雯律師

斑馬線文庫
通訊地址：234 新北市永和區民光街 20 巷 7 號 1 樓
連絡電話：0922542983

製版印刷：龍虎電腦排版股份有限公司
出版日期：2025 年 3 月
I S B N：978-626-99484-2-0
定　　價：380 元